紅茶の時間

岡田満里子詩集

編集工房ノア

詩集「紅茶の時間」　目次

＊

＊

カバー装画　岡　芙三子
装幀　森本　良成

*

葦の空　十三の空

ああ　ここはトヨアシハラだ
引っ越して来た日　十三（じゅうそう）大橋のたもとでそう思った

悠々と横たわる淀川の岸を
びっしりと縁取る緑の葦
水中から空へ一本一本の茎が
思い切り背伸びをする

遠い昔　この国がまだ水母のように水に漂っていたとき
葦の芽が萌え出るように神が生まれた
初めて地上に現れた神はなにもしない
そのまま身を隠したと伝わるだけだ

なんだろう　この素っ気なさは
御利益も懲罰も与えず　現世も来世も語らず
生まれ出でて独り　いつのまにか見えなくなる
そんな神のいるところが豊葦原なのだ

振り向けば見渡すかぎり
大小のドミノ牌のように　大地を覆うビルの群れ
コンクリートの箱に無数に穿たれた小さな窓
その窓の一つが　私の帰るところだ

あと何年か何十年か　ここで生きていくのだろう
大きく腕を上げて深呼吸をする
陽光を受け葦たちは伸びる　空へ　空へ
今も次々と葦の芽の神が生まれている

私の吐く息が　神たちと交じり合って
十三の空へ溶けてゆく

今年の桜

町の桜が老いているとわかったのは
私が老いてきたからだった

小学校前　線路沿いの桜並木
毎年仰ぎながめていた頭上の花ではなく
根元の幹に張り付く数輪に気づいたのは
痛む膝をかばいながら

そろそろ歩いていたからだ

目をやればどの木にも幹から生える花がある
古木や弱った木が一つでも多く実を結ぶため
枝を伸ばす時間を惜しんで
直接　幹に花をつける
胴吹き桜というらしい

ああ　古いなじみの桜たちよ
君たちも時間の重さに総身をきしませているのか
なのに少なくなったエネルギーをかき集め
ガタついた身体のそこここから

今年の花を咲かせている

顔を上げれば空を覆う淡いももいろの
見慣れた見事な満開の花
ゆっくり深呼吸すると
右膝の使い減らした軟骨の奥から
溢れ出す

私の　今年の桜

駅裏の秋

コンビニのレジ前におでん鍋が現れ
紅葉模様の缶ビールが並ぶと
秋が来たことになる町の昼下がり
駅の裏口　植え込みの縁石には
ばら撒かれたように男たちが座っている
だれもが独りで下を向いて

スマートフォンをいじる若者
目を閉じて煙草を吸うスーツの中年
初老の男はたたんだ新聞をまた広げ
学校をさぼったらしい少年は
杖を握った老人と並んで
改札から出てくる人をただ眺めている

「あっ　ヒコーキ!　ヒコーキ!」
突然の甲高い声に　男たちは顔を上げる
母親に抱かれて駅に向かう男の子が
真っ赤な顔で指さした空を
小さな旅客機が光りながら横切る

アーケードと駅舎にはさまれた海峡のような空
その澄んだ水色に延びる飛行機雲が
見上げる男たちの胸によみがえる
それぞれの思い出の秋の空へ
白く一筋の尾を引いて飛び去ってゆく

花火の後で

電車がいつものように
夜の鉄橋にさしかかる

終わったばかりの花火大会の余熱で
河原は屋台の光の帯
遊歩道にはあふれる見物客の群れ

電車は知らん顔をして

いつものリズムで川を渡る

空に咲いた二万発の花火を映し
五色の光の滝が注いだ川面は
表情をなくして黒い水の固まりに戻った

電車の窓から振り向くと
発光する河川敷が遠ざかる

闇と一体となって黒い川は待っている
大きな口を開け
明るい喧噪から　こぼれ落ちる人を

紅茶の時間

海へ向かう坂の中ほどにその店はある
二十席足らずの老舗の紅茶屋だ
カウンター席の前は狭い厨房
次々と注文をさばいていく店主が見える

人数分のカップに湯を注いで温める
湯を捨てたカップを布巾でぬぐい受け皿に置く

どんなに客がたてこんでも省略することなく
一碗一碗　丁寧に温め清める

ケーキセットが置かれたテーブルで歓声があがった
若い女性が三人　次々に写真を撮りキーをたたく
有名なお店でティータイム最高～　なんて書いているのか
「いいねがたくさんつくといいね」

カップの紅茶が香り立つ
秘伝だの究極の茶葉だの大層な修飾語とは無縁の
まっとうに入れられた　ただのおいしいお茶だ
いつの間にか外はやわらかな雨

草の木の　芽をはぐくむ早春の雨が降る
「いいね」が欲しいなどとは決して言わない雨が
厨房では店主が淡々と
次の客たちのためにカップに湯を注いでいる

木枯らしの夜は

木枯らしの夜は　遠回りをして
商店街のはずれにほんのり灯る引き戸を開ける
もう若くはないマスターが孤軍奮闘する
カウンターだけの立ち飲み屋

煮炊きの熱と人いきれの隙間に割り込もう
よく似たスーツのおじさんトリオや

つきあってはいないだろう若い男女や
専用の椅子に老体を据える近くの店の女主人と並んで

生ビールの泡がしとやかに会釈し
高い天井の下　笑い声とおしゃべりが跳ねまわる
他愛ない　けれど　体温のある音声が響く

湯気のように漂う言葉たちが私を温めてゆく
揚げたての牡蠣フライにたっぷりかかる
菜の花色のタルタルソースとともに

一合枡には

一合枡には何合入るでしょうか？
けげんそうな受講生を眺めながら
市民講座の日本史の先生がいたずらっぽく問う
僕は飲み屋の一合枡を集めるのが趣味でね
いろんな店で分けてもらったけど大小ばらばら
でも見事にみんな一合より少ないんだ
江戸時代なら厳罰ですよ、と先生はちょっと悔しそうに笑った

皆と一緒に笑いながら思い出した
夫婦で切り盛りする町外れの小さな居酒屋
無骨な一合徳利をなでながら大将が言った
これ探すん大変やったんです
デザインや格好より　ちゃんと一合入るのが欲しくて
計量カップ持って道具屋筋回って計らせてもろたんです
たいがい九勺とか八勺とか七勺ないのもありましたわ

食器専門店の隅で一合徳利を並べて水を注ぐ
愚直な大将の背中を思うと笑みが浮かんでくる
楽に少しでも人より得することが賢い世の中で

今もちゃんと一合入る徳利を作る職人がいて
需要が少なくてもそれを売る店があり探して買う店主がいる
そう　どこかの路地か縄のれんの向こうには
一合入った一合枡を黙って出す頑固者が　きっといる

くまちゃんが死んだ

「くまちゃんが　昨日亡くなりました」
ロックバーのマスターから突然のメール
職場で倒れ　救急搬送されてそれきりだったという
五十三歳　独り身だった身体はそのまま故郷の葬祭場へ運ばれたらしい
髭面で腰まである髪を束ねた黒づくめの姿は
四半世紀前　初めて会ったときから変わらなかった

郊外の小さなそのバーにはさまざまな男女が出入りした
仕事も年齢も経歴も違う　ロックだけが共通項の

気の合った同士でCDを貸し借りしライブに行く
客仲間がバンドを組んで年二回の演奏会を始めた
十八歳のときレスポール一本担いで大阪へ出てきたくまちゃんは
長い髪を振り乱して楽しそうにギターを弾いていた

ベテランの電気工事技師だったくまちゃん
定期メンテナンスにいく工場の評判は上々だったそうだ
最初は風体を見てぎょっとするが
確かで手を抜かない仕事ぶりに必ず指名がきたという

コロナ禍で演奏会がなくなったころ駅前で行き会った
彼はギターを抱くような猫背で近づいて軽く右手を上げた
すれ違い際「元気？」と声をかけると
振り向きもせずに上げた右手をひらひらと振った

訃報の夜　私たちは久しぶりにバーのカウンターに集まり
くまちゃんが好きだった曲を大音量でかけ
くまちゃんが好きだったジャックダニエルを飲んだ
ひらひらと手を振って行ってしまった後ろ姿に献杯をして

レスポール……エレキギターで有名なギブソン社の名品

彼岸

河川敷のバーベキュー広場
笑い声が風に乗って流れ
子供たちが投げ合うフリスビーの上を
高く低く燕たちが飛び交う

鉄道橋が横たわる川の向こうには
忽然と顕れたかのようなビル街

空中庭園という名の巨大展望台を囲み
摩天楼たちが静かにたたずんでいる

肉の脂から立ちのぼる煙に
ビルの群れがゆらめきかすむ
絵葉書めいた向こう岸の景色は　実は
百年後の廃墟が映っているのではないのか

私たちは炭をつぎ　また肉を並べた
午後の光が乱反射しながら川を渡る
あちら側の高層ビルの窓から見える
こちらの岸には　私たちはいるのだろうか

トーチのように

ところでご存じでした？　とか
最近耳にしたんだけど　とか　そんな言葉のあと
人の死を聞かされることが多くなった
子供のころ会ったきりの遠縁のおじさんだったり
若いころサークルで一緒だった女性だったり
何年も思い出しもしなかった遠い人たち

ああ　もうそんなお年だったんですね
答えるともないつぶやきを返す
私の世界のどこかが小さくひび割れ
少しずつ欠けこぼれていく

いつもの角を曲がるいつもの帰り道
晩秋の夕闇の足元に浮かぶ　ほの赤い影
小さな花屋の店先のバケツ
売れ残りの花たちの中で
じっと私を見ている大きな深紅のダリア
盛りを過ぎ　それでも紅濃くぴんと張った花びらたちが

あと幾日か　私の部屋を照らしてくれるだろう
残されたのはあと幾日か　そんなことは考えもせず
ただ　今ある力で今をひたすら咲いているダリア
おまえを掲げて歩こう　私の世界のトーチのように

*

瞳つぶらに

かつてルネサンスの貴婦人たちは
魅力的な瞳を手に入れるため
毒草ベラドンナの汁をたらして瞳孔を開いたという

いま私は　視力が出にくくなった目の
眼底検査のために目薬をたらされる
「瞳が開くので少しまぶしいですよ」

薄闇の猫のような丸い大きな瞳
若い人たちがカラーコンタクトで作る
見目うるわしい瞳

真っ暗な診察室　開ききった瞳孔を
さまざまな機器を駆使して医師がのぞき込む
私の大きな瞳は実用一点張りだ

外へ出たとたん光がはじけ目がくらむ
「四時間くらいで自然にもとに戻りますから」
うつむいてそろそろ歩きながら思う

ルネサンスの貴婦人たちは美と引き換えに
このまぶしさに耐えていたのか
カーテンと壁掛けとベールの奥で

いや　うっすら感じる景色を楽しんだかもしれない
世界は時々
はっきりと見えない方が美しいものだから

空の華

遠い昔　大教室での仏教学講座で
なぜか耳に残った言葉がある
空華（くうげ）

眼病の人が虚空に見る偽りの華
人間の煩悩が求めるものはすべて空華
自分の病気が見せているありもしない幻である

老教授の抑揚のない解説を聞きながら思った
この世にないものが見える目は
なんて素敵なんだろう　と

それから四十年以上を経て
私の目の前にいつからかあるはずのない
薄色の輪が二つ三つちらつくようになった
若い医師がこともなげに言う
飛蚊症ですね
老化現象ですから心配ありません

眼球内の膜がはがれて漂い

レンズに映りこんでいるのだそうだ
六十数年使い込んでくたびれた目が
自分の老廃物を実見させてくれているのだ
私の空はこれからもずっと華ならぬ
私の目の中のごみを浮かべ続ける

年を取ると若い時には想像もつかないことが起こる
そんな未知の世界をこれからも
この空とともに歩いていくのだ

葉牡丹の花

トウが立った
葉牡丹のフリルの真ん中からまっすぐ茎が伸び
てっぺんに群れ咲く十字の黄の花たち

トウが立つぞ
娘のころ　蜘蛛巣城の矢ほど降ってきた言葉
はやく嫁に行け　トウが立つぞ

そしらぬ顔で聞き流しながら思った
葉牡丹だって大根だって
トウが立たないと花は咲かないんだよ

だから私は今も
正月の葉牡丹を花が咲くまで放っておいてくれる
ずぼらな花壇が好きなのです

歩道橋の春

手を伸ばすと楠木の枝がふれる
大きな公園をかすめる歩道橋の途中
茂る暗緑の葉の間から
筆先の形の芽がそこここに伸びる

空をおおう葉の下　高い笑い声が湧く
袴に振り袖の女子学生たちが

さざめきながら公園を横切っていく
向かいのホールで卒業式が終わったらしい

色とりどりの花模様をまとって
大きなリボンを揺らして歩んでいく
大海原へ旅立つ稚魚の群れのように
未来からの光で全身をきらめかせながら

歩道橋の上から見ている私は
四十年前の稚魚の私につぶやく

怖がりすぎず　ゆっくり行こうよ

世界はときにむごく　ときに美しい
君の潮路は君の希望の数だけあるし
古木になってもほら　春には新しい芽を吹くのだから

あちらの校舎で

夢で何度も訪れる校舎がある
小中高校　通った建物のどれにも似ていない
風景も内装もそのたびに違う
真新しいサッシ窓の廊下だったり
ささくれた木造の板壁の教室だったり
二階建てのときも四階建てのときもある
でも　同じ校舎だとわかっている

そこで私はいつも焦っている
忘れ物を取りに帰った教室から
同級生たちを追って廊下を走る
授業の場所を間違えてひとり
長い長い階段を駆け下りる
あっ　間に合わないと飛び起きたときに
なまなまと残る　扉の手すりの感触

もう何十年も同じ夢にみる
どこかへ行こうとして校舎から出られない私が
もしかしたらほんとうの世界の住人で

彼女が休息のひとときのまどろみでみる
夢の中の女の一生の物語を
駆け足で生きているのが今の私ではないのか
時々　あちらの校舎を夢にみながら

孔雀のいた朝

孔雀が滑空する
だれもいない早朝の三の丸広場
満開の桜並木をかすめ　花びらを降らせながら

姫路城横　市立動物園の孔雀たちは
しょっちゅう園を脱け出してあたりを歩いていた
孔雀舎に屋根がなかったというのんきな時代

冷たい朝の空にきらめく緑の尾羽根
静かに舞い上がり降り注ぐほのじろい花片
ただ一度の美しく絵のような遠い思い出

いや　待てよ
あれは本当に見たものなのだろうか

早朝の城内にいたのはゼネストで徒歩通学の日だけだ
城の北にある高校へ一時間以上歩いて登校する途中だったから
在学中の大規模なストライキは春闘かスト権スト
春闘は三月中旬には終わるしスト権ストは晩秋だった

桜の季節ではないのだ

無人の城内で目の前に飛んできた孔雀と
姫路城の裾に咲き匂う子供のころから見慣れた桜が
いつの間にか脳内で合成され鮮やかな記憶になったのか

幻の光景だったとしても
桜の空をゆく孔雀は今の私には揺るぎない実景なのだ
見たもの　見なかったはずのもの　見たかったもの
そんなものを編み上げた記憶が絡み合いながら
これからも私を埋めていくらしい

薔薇の咲く五月

あれはいつだったのだろう
満開の薔薇のアーチを二人でくぐった
赤い花々の間からこぼれる光
濃い香りの底へ遠ざかる蜂の羽音
手をつないでいたのは
元気に歩いていたころの祖母か
同じセーラー服をかっこよく着こなしていた友か

聞き取れない声で話しかけた恋人か
アーチの向こうは一面の花園で
甘いピンクの重なる花びらが
好きですとささやきながら開いていた

あれから何十年が過ぎたのだろう
朽ちかけた軒が両側からかぶさり
人の気配のない格子が連なる小暗い路地
角を曲がると突然　輝くピンク
植木鉢代わりの発泡スチロールのトロ箱から突き出す
細い茎の上で揺れる一輪の薔薇

クイーンエリザベス
この薔薇の名を教えてくれたのはだれだったのだろう

髪に皮膚に関節に降り積もりこびりついた年月とともに
一人　立ち止まる私に
無人の長屋で誰を待つこともなくたたずむ
孤高の女王が
重なる花びらをいま静かに開く
好きです　と

りんごをください

たった二度体温が上がっただけで
たちまち動けなくなる頼りない身体の
細胞という細胞がぱくぱくとあえいで
脳の袋小路から遠い遠い記憶を引き出してくる

さりさりさりさり　祖母がりんごをする音
ガーゼで絞ったおろしりんごが喉を通るとき

一緒に飲み込んだ祖母の魔法の言葉
「もう大丈夫や　これ飲んだらじきに良うなる」

冷蔵庫から取り出す紙パックのりんごジュース
ほの甘い透き通った金色の液体が
静かに消化管から沁み込んでいく

さりさりさりさり　細胞たちが回復する響き
ああ　ずっと忘れていたなんて
あの日から私は　祖母のりんごでできていたのだ

ぬけがら

七回忌の後　手つかずのままだった父の押入れを開けた
いくつものケースに季節ごとの衣類
下着、寝巻、シャツ、ズボン、すててこ、靴下
セーター、カーディガン、ジャンパー、マフラー

着古したもの　真新しいもの
ハンカチからニット帽まで畳を埋める衣服たち

おさがりで着る人はなく　捨てるにはまだ惜しい
またケースに詰め直し押入れに戻した

あの積み重なったたくさんの服の中にいた
父という一人の肉体と人格はどこへ行ったのだろう

自宅へ帰ってクローゼットを開ける
黙ってぶら下がっているワンピース、ジャケット、スカート
重なって並ぶブラウス、チュニック、ジーンズ
いつか私のぬけがらになる洋服たち

いつもの部屋着に着替える

今のところは体積も意識もある私を
フリースのやわらかな生地が包む夜
私は背を丸めて抱きしめる　私の体温を

猛暑の夏に

「危険な暑さです　外出を控えてください」
スーパーマーケットから帰って来ると
テレビが真っ赤な熱中症警戒警報を出して叫んでいた

全身に貼りつく汗　脳の中までべっとりと汗
大急ぎでグラスに冷凍庫の氷をどっさり入れ
買ってきたばかりのコーラを注ぐ

私の中を一気にはじけ落ちる炭酸の滝
「ああ　極楽　極楽」
げっぷとともに出たのは祖母の口癖だった

エアコンなどなかった昭和の夏のアパートで
明治生まれの祖母は沸かしたての湯で入れた
熱い番茶をふうふう吹いて飲んでいた
アッパッパの首筋をうちわであおぎながら
「ああ　極楽　極楽」
暑い時には熱いものを飲むのが一番
「冷たいもんばっかり飲んだら身体に悪いで」

いつのまにか　あのころの祖母と同じ年になっている
四人の子供に七人の孫　熱い番茶を飲んでいた祖母
家系図の袋小路となって一人の子孫もいない私
おばあちゃん　あのころとは暑さが違うんだよ
年々　凶悪になる暑さのように
いろんなものが変わってゆくのだ

冷えたコーラを飲み干す
「ああ　極楽　極楽」
そういえば骨が溶けるからと　コーラも厳禁だったな

ほぼ皆既月食の夜に

晩秋の無人駅で上り列車を待つ
古里を後にする「ほぼ皆既月食」の夜

ホームのあちこちで影のような人たちが
無言で空を仰ぐ
月の九割七分が隠れる月食は
八十九年ぶり　母が生まれた年以来だ

満月がじわじわと
影に侵食されていくように
加齢の波に容赦なく弱らされていく母を
ただ確認するための帰省

山を切り開いた駅で列車を待つ
まばらな家の明かりを見下ろして

ほぼ皆既月食の闇の空から
かつて山だったころの
まぼろしの枯れ葉が無数に降り注ぐ

達者だった母の歳月のように

列車がサーチライトの明るさですべり込み
私は乗り込む　影たちの一人となって

遠い記憶の山肌を切り裂き列車は走る
車窓に写る私の顔に重なる
母の　祖母の　老いの面影
次のほぼ皆既月食は　六十五年後だ

面会の日

おかあさん　まりこやで　ひさしぶりやなあ
のぞきこんでも母の目は閉じたまま

介護施設のロビー　ちょうどレクリエーションの時間で
移動できる入所者がみんな集まっている
杖で　車いすで　母のように寝椅子で

おかあさん　かおいろ　ええな　つやつややわ

手をさすりながらゆっくり話しかける
両隣は寝椅子の女性で　どちらも眠っている
　あれ　娘さんじゃろうか
そうじゃろう　娘いうてもええ年じゃ　髪真っ白じゃけぇ
テーブルの向こうから　大声の内緒話が聞こえる

おかあさん　まりこやで　わかる?

母がうっすら目をあけてうなずく
右隣の女性のぽっかりと開いた口から

透明なたましいが出たり入ったりして
晩春の光を浴びている
新型コロナウイルスの日々が遠のいて
県外者の面会がようやく解禁になったが面会時間は十五分だ

おかあさん　かえるけど　また　くるからね

母はもう一度目をあけて　じっと私を見ると
かすれた声で　一言つぶやいた

また　きてね

エミリー・ディキンソンのように

老後という言葉がおとぎばなしの天国のように遠かったころ
年を取って一人きりになってしまったら
エミリー・ディキンソンのように
どこか田舎で詩を書いて過ごそうと思った

十九世紀のアメリカの片隅
結婚せず町から出ることもなく

生まれた家でひっそりと暮らし
発表することのない詩を千七百編以上も残したエミリー
私も六十歳を過ぎれば恋にも仕事にも煩わされることなく
好きな本を読んでただ詩を書いているだろう
没後に出版された詩集でアメリカを代表する詩人となった
エミリーのようにはきっとなれないけれど

そんな想像を疑いもしなかった若い日は
昔の少女漫画の一場面のように甘くおぼろげだ
定年という人工の仕切りを越えただけで
世界がまっさらに変わるはずはない　もちろん私も

こなさなければならない取るに足らない無数の用事と
したい見たい食べたい欲しい無数のくだらない喜び
六十年以上かけて私を作ってきたそんなガラクタたちが
来る日も来る日も陽光のように降ってくる

少しずつ鈍くなっていく頭と体をさすりながら
今も思っている
いつかほんとうの老後になったら詩を書いて暮らすのだ
エミリー・ディキンソンのように

秋の翼竜

子供たちの夏休みが終わり
恐竜展もそろそろ終わりだ

人影まばらな会場の隅のガラスケース
少女のハンカチ大の石板に
レース細工のように浮かび上がる
白くかぼそい全身骨格

手のひらに乗るくらいの翼竜の化石だ

小さな歯が並ぶ長いくちばしを上げて
翼竜は空を見ている
今から飛ぶ空を

飛び立つまで　あと一瞬
その一瞬の間に一億六千万年が経ってしまった
空を見上げたまま　子猫の爪の大きさに
ぽっかりと空いた眼窩
飛び立つ今はまだやって来ない

一瞬を待つ間の一億六千万年に
石の中の翼竜の前に現れただろう
数えきれない種類の生き物たち
彼らは一瞬に満たない翼竜の時間の中を
流れては消える
無数の影だ

閉館五分前のチャイムが流れる
私は今　最も新しい影となって
空へはばたくときを待ち続ける彼に
無言で別れを告げた

あなたの足跡

あなたはどこへ行こうとしていたのか

旱魃で干上がった川底の岩盤に残るあなたの足跡
木の葉に似た三本指の窪みが真っ直ぐに連なる
一億三千万年前　このテキサスの河原で
巨大な肉食恐竜だったあなたはどこへ向かっていたのか

獲物を追って疾走していたのか
恋の相手を探していたのか
疲れきった身体をねぐらへ運ぼうとしていたのか

この場所のぬかるみを通ったことなど
その日のうちに忘れただろうに
足跡は知らぬ間に化石となって
一億三千万年前のあなたの一瞬をここに留めた

あなたはどこへ行くのか
雨が降ればまた川となる流れの下で
あなたの足跡は次の一瞬へと歩み続ける

私はどこへ行こうとしているのか
振り向けば砂のように流された何十年が
目の前にはただ来て過ぎる日々が　積み重なる
刻んできた足跡などどこにもない

私の永遠の次の一瞬は　どこかにあるのだろうか

ミイラの胸

金糸の綾布を解くと
ミイラの胸はぽっかりと穴が空いて
鼠たちが巣くっていたそうだ

魂が戻ってくる日まで
何百年　何千年も待つための
不朽不変の肉体だったはずなのに

毛だらけの身体を寄せ合う
なま温かい小さな獣たちには
来世も永遠も　はなから無いのだ

欠損した箇所を修復し防腐処理を施され
もう一度しっかりと布を巻かれて
ミイラは保管庫へ移される

空洞の胸を抱えてあなたは待ち続ける
いつの日か帰ってくるかもしれない

あなたそのものであった魂を
それとも　ひとときのぬくもり
命の鼓動を響かせるなま臭い鼠たちを

胸骨に残る小さな歯型が
疼くことは　ないのだけれど

百合が開いた

今朝　百合が開いた
朱色の花びらをくるりと反らし
長い蕊をしなやかに伸ばして

正月　母と弟家族たちでごった返していた実家
余った百合根をもらって帰りお雑煮に入れた
残った白い塊をプランターに植えたのは春節の頃だ

春一番が枯芝をなぎ倒すように
新型ウイルスへの恐怖が世界中に吹き荒れ
外出もままならないうちに過ぎていった春

三月　四月　五月
大都市がまるごと息をひそめて閉じこもり
実家との県境には見えない壁がそそり立った

ウイルスの情報に目も耳も覆われている間に
百合は芽を出し　いつのまにか私の背丈まで伸びて
鞘の形のつぼみを九つも付けていた

そして六月の始まりの朝
当たり前に　百合は開いた
三か月の月日と太陽の恵みを鮮やかに形にして

詰草に降る雨

もう忘れているかもしれないが
原子力発電所がつぶれたことがあった
ストロンチウム、セシウム、プルトニウム
ベクレル、シーベルト
不吉な呪文のような言葉が飛び交い
私たちは風におびえ水におびえ
見えない毒を降らす雨におびえた

１９７９年　スリーマイル島
１９８６年　チェルノブイリ
２０１１年　福島第一
現地の作物は買わないで
風向きに気をつけて　雨には濡れないで

その度に思い出す
五十年前の子供だった私たちの呪文を
雨に濡れるな　放射能で禿げるぞ
アメリカのソ連の中国の
核実験の死の灰が一緒に降ってくるから

私たちはすぐに忘れる
風におびえ水におびえ雨におびえたことを
そして春
花盛りのクローバーの野に
四つ葉を探す少女たちの肩に
やわらかに雨が降る
見えない何かをやどした雨が

あとがき

十年前には想像もしていませんでした。
私が再び詩を書いているとは、まして詩集を編むなどとは。
大学時代に詩を書き始め、詩集を出しました。三十歳になって大阪で就職し、
仕事と日々に追われて、詩を書くことも読むこともない三十年が過ぎていました。
以倉紘平氏の詩の教室へなんとなく入ったのは、定年間近のころ。そこで講座
の課題作成のため、約四十年ぶりに詩を書くことになったのです。
あっ　私、詩が書ける。
私は私の詩のリズムを忘れてはいませんでした。身体のどこかにずっと、この

リズムが生きていたことに驚き、でも、書きたいことは二十代とはすっかり変わっていることに苦笑し、書くこと自体が楽しくて、この作品たちが生まれました。

十年前には思いもよらなかった詩集が形になりました。
これは、以倉氏、講座受講の皆さま、「アリゼ」の皆さまたち、私の詩を読み、批評し、励ましてくださった方々のおかげです。あの日の教室への一歩がなければ、私は今も自分の詩のリズムを思い出しもしない日常を過ごしているでしょう。

さて　未来はいつも予測不能　だから　深呼吸して
ここから　次の十年が始まるのです。

二〇二四年十二月

岡田満里子

岡田満里子（おかだ・まりこ）

1958年　兵庫県姫路市生まれ
詩誌「アリゼ」同人

岡山大学在学中　詩誌「詩脈」に参加、詩を書き始める
詩集『遠い声・水面を渡る』（1982年　手帖舎）
詩集『彼岸　情痴殺人白書』（1993年　ブロス）

住所　〒532-0011
　大阪府大阪市淀川区西中島４丁目８－４－401

紅茶の時間

二〇二五年二月一日発行

著者　岡田満里子
発行者　涸沢純平
発行所　株式会社編集工房ノア
〒五三一－〇〇七一
大阪市北区中津三－一七－五
電話〇六（六三七三）三六四一
ＦＡＸ〇六（六三七三）三六四二
振替〇〇九四〇－七－三〇六四五七
組版　株式会社四国写研
印刷製本　亜細亜印刷株式会社

ISBN978-4-89271-401-6